甘い物とウーロン茶

併載／三人四脚

蛭田眞由美
Hiruta
Mayumi

風詠社

目次

甘い物とウーロン茶

はじめに

それはあまりにも突然の出来事でした。二〇一八年（平成三〇年）一一月二〇日午前七時四〇分、実さんの呼吸が止まったのです。実さんはその日の数日前体調を崩し病院に行きましたが、お医者さんから、

「肺炎も起こしていないし大丈夫ですよ」

と言われていたのです。それなのに・・・。

実さんは私の夫です。私たち夫婦には重度の障がいがあり、日常生活全般において介助を受けながら生活をしています。私たち夫婦は、スタッフをはじめヘルパーさん、その他たくさんの方々の協力を得て介護事業所を経営していました。

その日の朝、実さんは、通院介助に行く前の午前六時に我が家に立ち寄ったスタッフの石川さん、いつも一緒にいる香菜子さんに排泄介助を受けて、七時には女性スタッフに通常の起床介助を受けました。普段の朝・夕の介助は登録ヘルパーさんでシフトが組まれて

いるので、こんなにスタッフオンリーのシフトなんて滅多にありません。実は前夜にはもう一人のスタッフにも就寝介助を受けていました。数時間のうちにスタッフだけで就寝・起床介助が行われたのは本当に珍しかったのです。

着替えが終わり、このところ少し体調がすぐれなかった実さんは、スタッフに、

「先に朝食を済ませなさい。私は後から甘い物とウーロン茶をいただきます」

と言い、右側臥位にして貰いました。私たちはいつものようにパンとコーヒーで朝食を摂ろうと、トーストをパクリ。すると寝室から、

「ううっっ」

と、うめき声のような声が聞こえたのです。

「お父さんが変だよ！」

私の言葉にスタッフがベッドに駆け付けると、青ざめた顔の実さんがいました。声をかけても反応がなく、みるみるうちに顔面が紫色になっていきます。

「実さん、実さん、目を開けて！」

「お父さん、起きて！」

救急車を呼び、救急隊員が来るまでスタッフが心臓マッサージを続けました。救急車に同乗したのも起床介助をしたスタッフです。こんな時一人では動けない私はとても歯がゆい思いをします。

「ありがとうね。私の代わりに実さんに付き添ってくれて。ありがとう」

「実さん、目を覚まして。死なないで！」

何度も心の中で繰り返しました。

「肺が真っ白です。脳死状態です。意識は戻らないでしょう」

「延命処置についてはご主人と以前に話し合っていましたか？」

私がようやくスタッフに病院に連れて行ってもらい、診察室に通されると、お医者さんから説明がありました。

「話し合っていませんが、延命処置はしなくていいです」

重度の障がいを持って生まれた夫をこれ以上苦しめる必要はないと考えた私の決断でした。

一旦自宅に戻っていた私に、

「今なら間に合います。病院に来られますか？」

と連絡が入ったのは午後九時頃でした。集中治療室に駆け付けたスタッフ、ヘルパーさん、そして家族は必死に声をかけました。

「まだ駄目ですよ」

「戻ってきて」

「まだまだ一緒に頑張りましょうよ」

「お父さん、死なないで」

最後に到着したのは朝の起床介助をしたスタッフです。彼女が来るのを待っていたかのように「ピー」心電図が・・・。

「ご臨終です」

実さんは還らぬ人となりました。


実さんは十五年前に半生記を綴っていました。重度の障がいを持った一人の男性が自分らしく楽しく、周りの方々への感謝を忘れず、いかに人生を満喫して来たかを伝えようとしたものでした。しかし、自分の思い通りの作品になっていないとお蔵入りになっていたのです。そこで、せっかくの作品なので、私が夫から生前聞いてきた話やその作品を元に、大幅に加筆修正を加えさせてもらい、皆さんにお届けしたいと思いペンを執ったものです。

初めまして、蛭田実です

私は蛭田実です。私は首から下が全く動きません。いわゆる重度の障がい者です。旧姓は鈴木です。鈴の木に、

『たくさん実が実りますように・・・』

という願いを込めて名付けられたと聞いています。私と同じような重度の障がいがある女性（蛭田眞由美）と結婚をする時、彼女が一人っ子だったということもあり、お婿さんに入ったのです。なので、今は蛭田実なのです。入籍をする朝、父に、

「これから役所に行って来るよ」

と電話をすると、

「そうか。鈴木実はいなくなっちゃうんだね」

と、寂しげな声が受話器の向こうから聞こえてきました。何年たってもあの時の父の声が耳に残っています。

こんな私が地域で生活するすべての人々が生きがいを持って暮らしていけることを願い、福祉に関連したあらゆる事業を行なう、有限会社『ソウルメイト』を設立したのは二〇〇五年（平成一七年）五月のことでした。『ソウルメイト』という名称について、（その当時は）「韓国ドラマが流行っているからですか？」という質問をよく受けました。ダジャレ好きな私ですのでそれも否めません。しかし、名称には『真の友・魂の友』が出会い、お互いを支えあう社会を築いていきたいという願いが込められています。

私自身もサービスを受ける当事者なので、その視点に立っても物事が見通せるさまざまな業務活動を行うことを目指していました。それ以前は在宅生活、施設生活を経て、障がい者の自立を支援するいわき自立生活センターという所で所長として働いていました。

生まれてからこれまで健常者での生活を知らずにいるので、私自身は苦痛とは感じないのですが、私をよく知らない人はやはり大変なのだろうと思うようです。手足が使えない私は、テレビのリモコンを操作するのもパソコンのキーを叩くのも、先端に消しゴムがついた棒を口にくわえての作業です。

私は、立つことも腰かけることも出来ないため、上半身と下半身が二段に別れたバッテリーで動かす電動ストレッチャーのようなものに腹這いの形で乗っています。一応、電動車椅子のようなものなのですが、これに乗って私はあごでコントローラーを操縦しながら街中へ出かけます。その姿が小さい子供たちには物珍しく映るらしく、

「人間トラックだー!」

「おじちゃん歩けないの?」

「うわぁー、これ、なーに?」

と素直な感想や疑問を投げかけてきます。そん

な時のお母さん方の対応が面白く感じられます。

「ほら、おじちゃんの邪魔になるからこっちへおいで！」

と、子どもの手を強引に引っ張り、そして私に向かってにっこりと作り笑顔を浮かべたりする人。急に怒ったような顔をして何も言わず子供をグイグイ引っ張って行く人。反応は様々です。私はこんな無邪気な子供達の質問が大好きです。それらの疑問や感想に私は、

「生まれた時からの病気で歩けないんだよ」

とか、

「歩けないから代わりにこの車を使うんだよ」

などと出来るだけ正直に伝えます。こうした、純真で汚れのない子供達の意識の中に身体や心にハンディを持った人たちへの理解を、しっかりと歪められることがないようにしなければならないと考えています。のちのち、子供さんたちが私と同じように障がいを持つ人と出会った時、気軽に声を掛けられなくなってしまわないようにと願っていますし、これが私の使命だとさえ思っています。

これまで講演という仕事を通して、いろいろな場所でお話をさせていただく機会がありました。当然、私自身のプライベートな部分にも触れることになり、趣味などもその例で

すが、
「私の趣味は競馬、マージャン、将棋、川柳…」

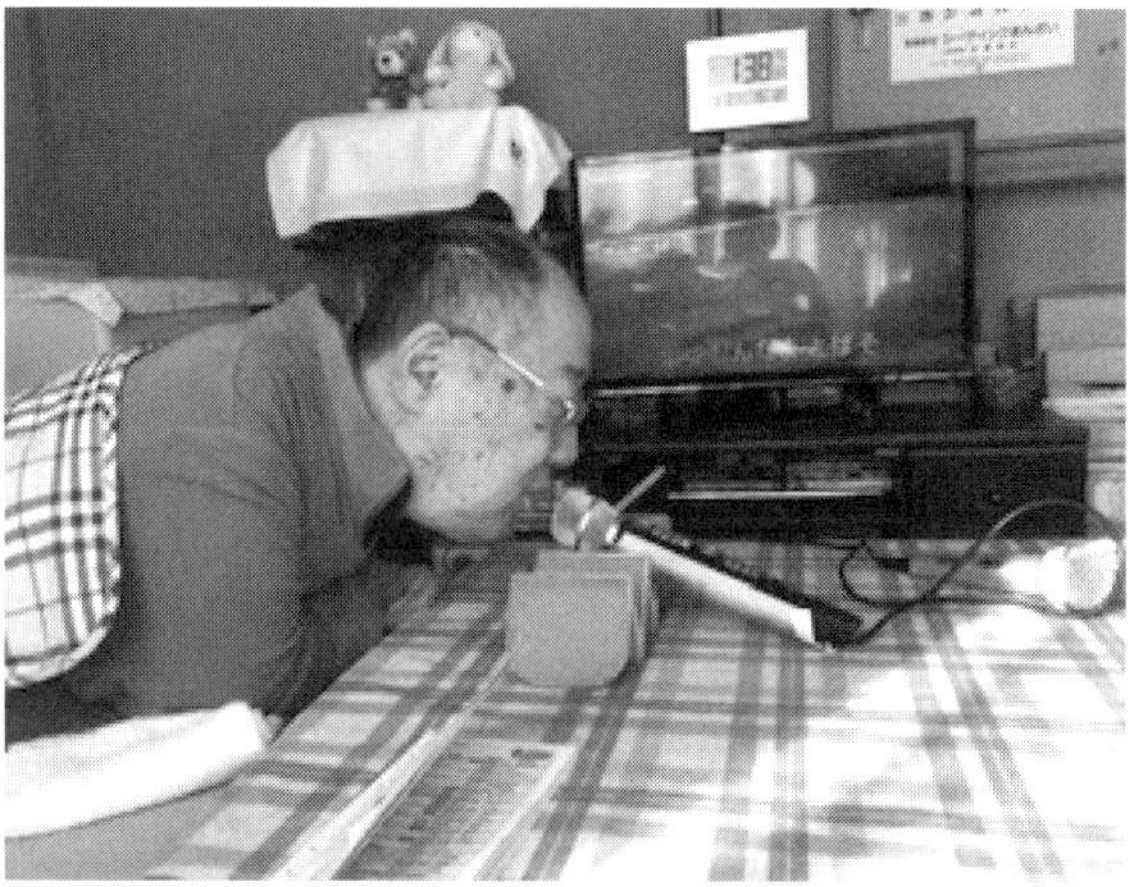

などと並べていくと、聴衆の皆さんに微妙な変化が現れます。つまり表情が緩むのです。私のように生まれた時から体に重い障がいを持って生きてきた者にとって、先に列挙した趣味は不似合いに思えるらしいのです。私は、毎週日曜日の競馬番組は欠かさず見ています。馬券も買います。若い時は電話投票券で、今はパソコンでネット購入をしています。たまにしか当たりませんが、もう三〇年以上の趣味なのでやめるつもりはありません。何といっても私の日曜の午後の楽しいひとときなのですから。

小さい頃から私は、

「体が不自由なのに明るいね」

と言われ続けてきました。好意の言葉で激励の意味も含まれていると感謝しなければならないと思う反面、その言葉の裏側には障がい者は暗いものだというイメージが感じられ不快でした。とかく日本人は、何に対しても型にはめたがります。他人に対してもそうです。


「男のくせに泣くな」

「女らしくおしとやかにしろ」

「若いくせに生意気言うな」

「年寄りは引っ込んでいろ」


など。多くの老若男女がこれらの抑圧を受けて、さまざまなストレスを心中にためながら毎日を過ごしています。極論かもしれませんが、これらが委縮したような今の日本の国民感情につながっているような気がします。


「泣きたい男は泣け！」

「騒ぎたい女は騒げ！」

「若者も老人も遠慮せず議論を交わせ！」

それぞれの立場にとらわれず、人としてありのままの自分を出し、誰もが社会の一人の構成者として生きられることを願わずにはいられません。

私はあまり遠慮や我慢をすることなくこれまで過ごしてきました。しかし、同世代の障がいを持って生まれた多くの仲間たちには、『保護という名の抑圧』を受けながら生きてきた歴史があります。はったりと感謝の思いを大切にして、比較的夢や希望を現実化して来た私は、ある意味異端児だったのかもしれません。

それでは、ここから先は障がい者という個性を持って生きて来た私の思いを書き連ね、腹這いで痛快に過ごしてきた半生を紹介させていただきます。

おめでとう

私は、一九五〇年（昭和二五年）七月四日、福島県いわき市（当時は平市で昭和四〇年に市町村合併）に生まれました。アメリカの独立記念日と同じ日なので、誕生日を聞かれると、決まってこう答えました。

「皆さんが知っている記念日と同じ日ですよ」

と。でも意外と知られていなくて残念でした。

私が生まれた頃は自宅での分娩が珍しいことではなく、私も当然お産婆さんという職業の女性が家に来てくれての出産でした。母親は当時としては高齢出産と言われる三〇歳での出産で、その上に虚弱だったこともあり、非常に難産だったようです。陣痛は前夜の九時過ぎから始まり、生まれたのは翌未明の四時を回っていたと聞いています。分娩にこんなに時間を要したということは、多分、私は母親の胎内に長く留まっていたかったのかも知れません。そして、ようやくこの世に顔を見せたのです。が、私は仮死状態で生まれてしまいました。たぶん産道を通過するのに時間が掛かり過ぎて心臓が停止状態になってしまったのでしょう。その時に産婆さんが咄嗟の判断で私の背中を強く「トントン！」と二、三回叩いたことにより、か細い、

「オギャー」

という産声をあげたそうです。それがなかったら現在こうして私はこの世に生存していなかったかも知れないのです。


誕生日には、さまざまな形で誕生日を祝う習慣がありますが、私は自分が生まれた日は苦しみの中から生を授けてくれた母親に心から感謝する日にしています。

私の母は亡くなりましたが、これまでの私の人生には大きな影響力があり、今こうして、ともあれ自らの生き方を自分で思うままに実現していけるような環境と心構えを与えてくれたのですから、母親には、

「ありがとう」

の言葉しかありません。女性が一人の人間をこの世に送りだすため、妊娠すると初期には、苦しいつわり、次第にお腹が膨らんできてあまり見栄えの良い格好とは言えないスタ

イルに変化して行き、最後には細胞分裂とも思われる極度の痛みに耐えての出産が待ち受けています。こうした苦難を経て母となった全世界の女性の皆さんに私は心を込めて敬意を表します。

ここで皆さんに自分の誕生日が来た時に対する提案があります。あなたのお母さんが生きているなら何らかの手段で感謝の気持ちを伝え、そして、もしお母さんが亡くなっておられるなら、その日一日を母親への想いに浸りながら静かに一日を過ごすというのはいかがでしょうか。

苦しいよ

幼い頃の私は身体的な苦痛から、生きているとは言えないような状態だったと聞いていています。私もただただ苦しかったことだけは覚えています。物も食べられず夜も眠れずという状況で、発育も極端に遅く、普通なら這いはじめ、立ち上がり、歩きだすといった成長期の過程を全く踏むことができませんでした。その頃、私の首は左に曲がったままで、親たちはその原因を求めて、市内の病院を巡ったそうです。その結果、ある病院で斜頸という病気だということが判明しました。出産の際の影響で右首筋に張りが残ってしまったようです。首の曲がりはマッサージ等で治りましたが、手足や身体を支える機能は完全に働きを失ったままでした。当時市内で障がいを持つ子供たちの医療に積極的に取り組んでいた小児科医を訪問し診断を受けたところ、脳性小児麻痺であることがわかりました。

私の身体障がい者手帳には「第一種・第一級脳性小児麻痺による四肢機能の著しい障害」と記されています。原因は出産時、分娩に時間がかかり過ぎ、脳が酸素不足になったためであろうと言うことでした。通常の病院での出産ならこれほど重い障がいは残らなかったかもしれません。しかしその時代の医療状況からすると完全に治癒するものではないとの診断に、両親はその運命を受け入れたようです。息も絶え絶えで強い吐き気と高熱に悩まされながらの私は、いつ神様のお召しがきてもおかしくないくらいだったそうです。

当時、私たちのような障がい児に対して、脊髄に注射をして髄液を抜いたり出したりする治療方法がありました。私もその治療を受けました。すごい痛みを伴い背中全体に重圧を感じた記憶がかすかにあります。そんな激しい苦痛を感じる治療法の最中でさえも泣き声を出さなかったそうです。それほど衰弱していたのでしょう。そんな私でしたから母親も私の将来についてはかなりの不安を感じていたようで、祈祷師のような女性に占ってもらったところ、七歳ぐらいまでしか生きられないと言われたそうです。占いは大はずれです。今は還暦も過ぎましたから。これって私の生命力と悪運の強さなのでしょうか。

実は、私を療護施設に入所させるという話もあったようです。弟の証言によると、母は弟の手を引き療護施設に見学に行ったそうです。帰り際、

「今日行ってきたことは誰にも言っては駄目だよ」

と母に言われ、弟は幼心にもただならぬものを感じ一人胸に秘めていたようです。私がこの話を聞かされたのは、母が他界してからでした。

両親は、どうせ七歳までしか生きられないのなら、親元で好きなように生活させたいとも思ったようで、一応本人である私に、

「どっちがいい?」

と、尋ねたそうです。幼い子どものことですから、当然母親の元を離れたくないと応えたのは言うまでもなく、それから後の約四〇年間は家族と共に暮らすことになりました。

その時、療護施設に入所していたら私の身体的能力は今より改善していたかもしれません。しかし二つの人生を歩むことは出来ません。現在生きていることに幸せを感じているのですから、その選択肢は正しかったと思いますし、全く後悔はしていません。そして、幼かった私にどちらの道を選ぶかを任せてくれた両親には、驚きと同時に有難みを感じています。

大好き

私が生まれた昭和二五年頃は敗戦の痛手も微かに残ってはいましたが、国民一人ひとりが精一杯一日を生きていたのでしょう。しかし限られた地域の中でご近所同士助け合いながら日常生活を送っていた気がします。そんな時代に意思や欲求は示すけれど自らの力では何も出来ない重度の障がいのある子供を持った母親。ここではそんな母のことをお話しします。

母は一九二〇年（大正九年）生まれです。当時としては珍しい職業婦人で、電話交換手として働いていました。家は商家で裕福な時代もあったようです。が、母が成長する頃は、家計もあまりよくない状況に変わってきていたようでした。そのため勉強好きだった母が、夜教科書を広げていると母の父から、

「女に学問は要らない。勉強したら上の学校に受かってしまうからもう寝なさい」

と怒られ、学校には行かせて貰えなかったそうです。母はおとなしく見えて実は、かなり負けず嫌いだったようで密かに勉強し、高等小学校から電報電話局の就職試験を受験してパスしてしまったのです。年上で同期に入局した人からは何となく生意気に映ったらしく軽いいじめにもあったと聞きました。

唐突な話になりますが、私は母親が初めて出産した子供です。ところがすでに私には六歳上の姉がいました。父と結婚した時点でもう未婚の母だったのです。でも、母が自分の子供を産んだわけではありません。母は実兄の三女を我が子として育てていたのです。理由は義姉がその子を出産直後、全く視力を失ってしまい育児が出来ない状況になってしまったからでした。どんないきさつだったかは定かではありませんが、父はそんな子連れ

の母と結婚しました。母は結婚してからは専業主婦で夫と子供の為に一身を捧げたと言う感じでした。外出もあまりすることなく料理、洗濯、裁縫、掃除、とにかく家の中でこまごまと動き回っているのが大好きでした。

私の在宅での四〇年間の世話をしてくれたのは母がほとんどでした。身体機能がいつまでたっても成長しない子供と共にいて、周囲から見れば大変だろうと感じられたかも知れません。でも、

「それが生きがいだった」

と、懐かしそうに話す年老いた母の笑顔。いつも一緒で私のことが意識から離れなかった母。私を一人置いて買い物に出かけなければならない時、私のトイレが心配で、出先で自分がトイレに行きたくなっても我慢して帰り、私の方をまず済ませてから自分がトイレに入るそんな母でした。母との思い出は語りつくせぬほどたくさんあります。介護を受けたのはもちろんのこと、その他いろいろな事を伝えられました。例えば、『私（母）が死んだとき涙を流さないような状況を作っておきなさい』『流す涙は妻がいれば半分。子供がいればその半分』などなど。更には、

『あなたのこの手足、ネジのように取り外しが出来たら着替えが楽なのにね』と聞きようによっては過激な言葉かも知れない発言もありました。しかし、どれもこれも私にとっては愛情深い言葉に感じ取れるものばかりだったのです。

人として生まれて最初に触れる社会は母親です。これは私の持論です。その母親が障がいがあろうがなかろうが、ありのままの私に真の愛情を持って接してくれていると幼心ながらも潜在的に感じられていたので、それが大きな自信につながっていったのだと思います。

小柄で無口、しかしどこかひょうきんで楽観的な母でした。晩年は私の父である夫の世話をしながら、孫から可愛いお婆ちゃんなどと慕われて八〇歳の生涯を終えた母「文子」。その息子として生まれたことを本当に誇りに思っています。

学びは楽しい

私の苦しい状態は四、五歳まで続きました。苦痛と不安感からか、音に対しても過敏で、にわか雨が降る音や飛行機の爆音、花火などに怯えて泣いていたようです。当然、地震や雷の時も同様でした。夜間が特に大変だったようで、あおむけに寝ると息苦しくて悲鳴をあげる、寝返りを打たせても、しばらくすると苦痛を訴える。どうしてあげたらよいのかと本当に難儀したようです。

そんなある夜、眠らない私に困り果てた母は真夜中、私をコロンとうつ伏せにしてみたそうです。すると、その晩は苦痛が薄らいだ感じになり、おとなしく眠れました。私もそのほうが楽だったので、徐々に昼間もその体位でいることが多くなっていきました。それにより苦痛を感じることがなくなって食欲も出始め、体力も日増しについてきました。母親があの時、私を腹這いにさせたことがそれからの人生の基盤になっていると言っても過言ではないと思っています。

父も母もそんなにおしゃべりではありません。なのに、私は小さい頃から口の方は達者で、自分の意思表示については、元気がなかった幼少時代からしっかりと自己主張をしていたようです。体力が出てきてからはそれが一層顕著になっていきました。その口にはもう一つ、私にとって重要な役割がありました。口を使って先端にゴムのついた棒をくわえて手の代わりに物を動かすとか、鉛筆をくわえて文字や絵をかいたりすることにも活用されたのです。本や新聞、また解らないことを調べるために、辞書や百科事典を直接唇を使ってめくったりもするようにもなっていきました。これらはすべて仰向けになっていてはできないことだったので、腹這いこそ、私の人生を大きく左右する・活かすための姿勢となったのです。

そして小学校へ入学する年になりました。当時は私のような重度の障がいを持つ児童に対しては、今のような養護学校等の受け入れ体制や設備は不十分でした。そのため、教育委員会から保護者である両親の元に、就学することは体力的に耐えられないだろうという判断から、義務教育の就学を免除するという通知が届きました。その後も通学したという経験は一度もありません。後年、いわき自立生活センターというところに就職するまで、「職歴・学歴なし」をキャッチフレーズにしていた私です。が、幸か不幸か職歴はついてしまいましたが。

学校は学びの場であることは言うまでもありませんし、通知表、試験等を通して学んだことの定着度を争わなければならない競争の場でもあります。私は自分の好きなことを、好きな時に好きな学び方で勉強してきました。争うことをしないで学べたことは、かえって幸せだったように思います。知らないことを知っていくのは、楽しくて仕方ありませんでしたから。たとえば、スポーツ好きだった私は、相撲の四股名（しこな）から漢字を学び、野球の勝率計算から算数の割り算を学んだりもしました。唇でページめくりをしながら、興味を持ったものは辞書や百科事典を使って知識を得ていました。黒く変色した昔使っていた漢和辞典が今でも実家に残っているはずです。そして、好奇心旺盛だった私はいろいろなものに関心を持ち、作詞、作曲、囲碁、将棋、チェス、オセロ、英語、中国語、パソコン等、入門書を買い集めて学習しました。一つ下の弟が小学校に入学した時には同じ教科書を買って貰った思い出があり、ＮＨＫ教育テレビ（現Ｅテレ）の学校放送を視聴したりもしていました。

系統だった学習はしていない私なので知らないことはたくさんあります。しかし、現在必要としている基礎知識と一般常識は身につけられた気がします。

障がいを持って生まれたことで、あり余る時間の余裕、嫌いなことは覚える必要はない、さらに他人との比較もされることなく学べたという特異な状況のなかでの学習スタイルは、とても楽しく知識習得には最高でした。

両親への三つの感謝

私が一日の生活を送るうえで、自分自身だけで身の回りの事についてどれほどのことができるかと考えたとき、それは皆無と言っても言い過ぎではありません。起床、洗面、歯磨き、着替え、食事、排泄、入浴、就寝すべて介助を受けて生きています。施設に入るまでの四〇年間、すべてその介助は、両親を中心とした家族がしていました。親元での生活はその家族に守られ、障がいを持ったことによる不便さはあったにしろ、自分自身を不幸な存在と考えたことはありませんでした。それは父と母が重度の障がいを持つ私を受け入れてくれたからだと思います。

私は今、両親に対して三つのことを感謝しています。一つ目は私を一個の人格あるものとして認めてくれたこと。その証しとして子供の時から私のことについて何かを決定しなければならない時、当人である私の意見を最大限に尊重してくれたのです。二つ目、両親は私を目の前にして私自身の事柄で喧嘩したことはありませんでした。おかげで肩身の狭い思いをしたことはありませんでした。そして三つ目、両親が私に対し心がけてくれたこと。それは家族以外の多くの人とふれあいが持てるよう家に多くの人を招き入れ、色々な人との出会いの場を自然に作り出してくれたことです。親から受けたこの三つの思いが、その後の私の人生に大きく影響を及ぼしました。現在会社を起し、たくさんの人と関わりを持って楽しく生きていけるのも、それが私の心構えの核になっているからだと改めて感謝しています。

父がサイドビジネスで日曜日に書道塾を開いていたため、同世代の子ども達とふれあう機会が多かったし、いじめにあったりもしませんでした。仲間はずれにあうということもなく、楽しい環境の中での暮らしでした。背負われての外出が難しいくらいに成長してくると、車の免許証を持っている家族がいないため、外出することが年に一度か二度という年もありました。それでも家にいることがつまらないと思ったことはなく、いつも何かをしていた気がします。一人遊びも好きだったし、家族以外の誰かとのおしゃべりや将棋、その他のゲームをするなど、在宅生活の四〇年間は充電期間としてはもってこいの時間で、家族からの絶大な愛情を受けながらの生活だったのです。

親が私にのびのびと生活出来るような関わり方をしてくれて本当に助かりました。身体に障がいのあることが悪いことでもなく、親もそのことを負担に感じていないような素振りでした。それが支えになり、後々までも私の人生に対する自信につながっていったのです。

父は一人っ子で両親を早くして亡くしており、家族を本当に大切にする人でした。母と同じように電電公社に二六年間勤務していましたが、私のこともあって遠方への転勤をしないよう配慮していました。母が亡くなってからは、あの世にいくのを忘れてしまったかと思うほど元気に暮らしていました。カラオケが大好きな父と時々カラオケへ一緒に出かけました。演歌が大好きで私よりも大きな声で、楽しそうに手に持つマイクを回しながら歌っていたのが思い出されます。米寿のお祝いを家族で祝った時の父の嬉しそうな顔。私が会社を経営するのをとても心配していた父。そんな父は一〇年程一人暮らしをした後、その人生にピリオドを打ちました。

母は私が三十代の時こんなことを言っていました。

「私は幸せよ。普通なら子どもはみんな家を離れてしまうのに、私はいつまでも息子が側にいてくれるから」

と。

そんな両親の元で育てられたものですから、私は人間不信にもならずに楽しく生きて来られたのだと思います。

姉・弟

私は姉とは六歳違いますし、弟とは年子です。母は、

「長男の実が失敗作だから早く次の子を儲けようと思ったんだよ」

と、聞きようによってはブラックユーモアになってしまうようなことを明るく話していました。よく皆さんから
「実さんは一人っ子ですか」

と言われます。私に兄弟の影がみられないらしいのです。三人は仲が悪いわけではなく、今でも年に数回は会う機会があります。私の中に、

「兄弟たちの世話になるような生活はしたくない」

という思いが、若い時からあったものですから、気づかぬうちに姉や弟と程よい距離感をとっているのかもしれません。

姉は子供の頃、私の面倒を見てくれました。姉が中学校を卒業する時、

「体の不自由な弟の面倒を見ていて素晴らしいです」

と、善行賞をいただいたのですが、

「嫌だった」

と言っていました。

「当たり前のことをしているのに何故そんなことを言われるの？」

と、不満を漏らしていたのです。そんな姉も私を利用する時はしっかり使っていました。

デートをする年頃になると、父に反対されないように、

「実さんに夜景を見せたいから、○○さんの車で出かけていいかな？」

と父に申し出て、彼の車に私を乗せドライブに出かけるのです。目的地で私は車中に置いてけぼりにされ、二人でお散歩なんていうこともありました。


弟とは一つしか違わなかったので、常に一緒に過ごしていました。私が手を使って出来ないことを弟が代わりにやってくれたのです。例えばプラモデル作り。全く手が使えない私にはとんでもないことですが、プラモデルは必ず同じ物を二つ買って貰い、弟が二つ作ります。私は、

「二つも作ることができていいだろう」

と言いながら作っている様子を眺めて楽しんだものです。そして、出来栄えのいいほうを自分のものにしてしまっていました。

弟の友達がうちに来ると、私も一緒にトランプゲームやカルタ取りなどをして遊びました。先端にゴムのついた棒を口にくわえて参加するのですが、出来ないところは弟やその友達が助けてくれました。いつもいつの間にか私が遊びの中心になっていたものです。弟の受験時には自分には関係ないけど、

「受験生って大変なんだな。いつも眠いんだ」

「自分は好きなことしか勉強しなくていいから良かった」

と思っていました。

姉や弟が巣立ってしまい、一人取り残された私。寂しくないと言ったら嘘になります。ただ二人のお荷物だけにはなりたくないという思いが芽生え始めていました。

自立へ向けての協力者

私が自立を考え始めたのは三五歳くらいのときでした。父は七〇歳、母は六五歳になっていました。その頃になると、両親の老いを痛切に感じるようになったのです。このまま両親との生活を続けていいてどうなっていくのか。私の介護をしている彼らの体力が確実に衰えていくのは明らかです。その不安を口に出さず、一人で抱えていました。

当時の入浴介助は両親が二人がかりで行っていました。母が衣服の着脱、父が私を抱きかかえて風呂場での介助です。そのまま一緒に暮らし続けていれば共倒れは間違い無しという状態でした。両親は自分たちはいつまでも若いままいられると思っていたのかもしれません。父と母は人生のすべてを私のために尽くすという覚悟で日々の暮らしを送っている感じがしました。そしてその頃、芽生えた感情がもう一つありました。私と同じように障がいを持つ仲間達がどんな思いをしているのかと言うものでした。多くの人々とのふれあいはあっても同じ障がい者の友人や知人は本当に限られたものでしたから、彼ら、彼女らが何に喜び、何に悲しみ、何を感じているのかを知りたくなったのです。

親離れ、子離れと障がいを持つ仲間との出会いを実現するためにはどうすればいいか、日々悩むところでした。そんな折、近所に両親と早くして別れて一人暮らしを長く経験している障がいを持つ女性がいるということを知りました。その頃の私は自分の思いを家族にも告げずにいたので、その女性と接点を持ちたいと思っても一人ではどうすることもできず、協力者が欲しいと考えていました。そこで、私は、姉の友人に協力を依頼することにしたのです。当時彼女は姉が嫁いでしまっていない我が家を訪れては、母や私とおしゃべりをしていくことが結構ありましたから、私にとっても彼女は友人のような存在だったのです。思い切って彼女に私の気持ちを伝えてみました。すると、彼女は快くその申し出を引き受けてくれたのです。

そして、彼女の助けを得ながら障がいを持って一人暮らしをしている女性とコンタクトを取ってアドバイスをもらう事に成功しました。会話の始めは電話でしたが、初めての電話で約四〇分もの長電話をしてしまいました。彼女のアドバイスは、いずれ親は先に死んでいくだろうし、生きていても充分な介護が出来なくなるのは間違いない。本人である貴方の意思が固まっているのなら、親元を離れる手立てを早く考えた方がいいとの事でした。

その後も彼女との交流は続きました。ある時、自宅へ招いて体験談を聞くことにしました。来てもらう日を決めるにあたり、両親を旅行に行かせるように仕向けるのに一苦労でした。当日、協力者となってくれた姉の友人は、障がい者であるご近所に住むその女性を車で迎えに行き、我が家の門から家まで背負って連れて来てくれたのです。彼女の活躍はまるで大車輪のようでした。

そして行政との交渉や関連施設の情報収集など、秘密裏に二人三脚で行なった行動の結果、私の進路が決まりました。重い障がいのため学校へも通わず、入院などといった集団生活の経験もなかった私が、家を離れることを決心。施設入所への申請を行政に提出することにしたのです。それが二つの目的達成の早道と考えたからです。この申請は本来なら保護者である両親が行政にするそうなのですが、当事者からの申請、まして親にも内緒で話を進めるというのは異例だったようです。

こうして私の自立に向けての第一歩が踏み出されました。

から元気

施設入所を希望しても簡単には出来ないものです。まずは、その人に最も適している施設はどこかといった判定会があって、その場には保護者である親の同席が求められます。さあ、大変です。それまで内緒で進めて来た準備計画をいよいよ親に打ち明けなければならない時がきてしまいました。

どんなふうに両親に話を進めて行ったらいいか思案に暮れる毎日でした。しかし、意を決し思い切って正直に私の思いを伝えることにしたのです。家を離れ他人の介助を受けてみたいと数年前から考えていたこと、それに関して周囲の方の力を借りて調査や準備を続けていたことなどをすべて打ち明けました。両親はさすがに驚いたようでした。父からも母からも、当然のように反対の言葉が次から次へと私に向けられたのです。

「これまで一歩も外に出たことが無くて家族に守られてばかりいたお前に何が出来るんだ」

「そんなに心配しなくても私たちが長生きしてやれるところまで頑張るし、その後についても姉さんや弟に世話になればいいじゃないか」

こんな具合でした。ともかく私としては、それまで抱いてきた不安やそれに伴っての行動を理解してもらわなければなりません。前述した「両親の老い」「障がいを持つ仲間との出会い」についても説明しました。私の四〇年間は、外の世界の空気に触れず私たち家族に好意を持って集まってきてくれる人との交流だけで過ごしていたと思うし、他人の釜の飯を食べるとか、世間の荒波に揉まれるとか言った経験はないので親無き後の自分の将来を考慮した時、ぬるま湯のような暮らしをこれ以上続けることはできないと話しました。適した施設に入所するための判定会が催されるので、それには保護者である親が同席しなくてはならないことなどを順序立てて両親に説明しました。そして、ようやく承諾してもらい、母が県の開く判定会に出席することになったのです。

その判定会では幼稚園の入園テストの様なものがあったり、「草枕」の作者は誰？などといった、どこかの入社試験の様な質問もありました。

それが、私が自らの人生を選んで行くというライフスタイルのスタートとなったのです。

結果がしばらくしてから出て、福島県白河市にある施設が適していると言うことになり正式決定しました。しかし空きがなく、待機期間が三年間ほどあったのです。

そうこうしているうちに、地元のいわき市に同じような身体障害者療護施設が初めて開所されるという話が聞こえてきました。親元から遠く離れて暮らすことのほうが気持ちの切り替えには必要なのではないかとも考えましたが、三年も待たなくてはならないこと、そして、遠くわざわざ寒冷地まで行くことはないのではないか。私自身のこともそうだが、両親にとっても私が遠くに離れてしまうというのは、環境の激変についていけなくなるのではないかと言う意見もあり、平成二年の四月に開所予定の社会福祉法人いわき福音協会を母体とする身体障害者療護施設「野の花ホーム」への入所を決意したのです。

親にはずっと内緒のまま秘密で準備を進めて来た計画もいよいよ実現間近となると、私の気持ちも不安定なものになっていきました。いくら自分の意思で決定したとは言え、家庭と言う殻の中にしかいなかった私です。排泄その他、すべて家族からしか介助を受けていなかったので、他人に用事を依頼したときに嫌な顔をされないか?と、今考えるとつまらない心配もしたりして、夜中に目を覚ましてしまうこともよくありました。そして、そのことを両親に知られたくないと言う意地もあったので、そんな素振りは露ほども見せず明るく振舞って毎日を過ごしていたのです。両親に、

「そら見たことか」

と言われるのも悔しかったし、私なりのプライドもかなり強かったのでしょう。ですから、入所前の約半年間は、私にとって一番辛い時期だったのです。落ち込んでいるのに、元気で暮らしていくというまるで俳優さんのように演技をしながら過ごした半年でした。

人には未経験なものに対する恐れというものがあります。私の場合は学校といった集団に身を置いたことがなかったので、施設ではうまくみんなと打ち解けられるのか、施設での生活はベッドに寝かされたまま日々を過ごすのか、喉が渇いていても好きな時間に飲み物を飲めないのではないか、紙オムツを着けられて自由に排泄できないのではないか等々、当時は真剣に悩んでいました。今となっては滑稽な心配だったと苦笑してしまいます。誰にもそのことを口に出せなかった日々は忘れられません。

私が入所した社会福祉法人いわき福音協会「身体障害者療護施設・野の花ホーム」は、

十八歳以上の身体的に重度な障がいを持つ人が入る施設でした。

一九九〇年（平成二年五月）、施設入所をきっかけとして私の自立生活がスタートしました。その時はそれから先がどうなって行くのか全く不透明な状態でした。

案ずるより産むが易し

私が施設に入る前、施設に対して持っていたイメージは、暗い所でコミュニケーションをとるなんてとんでもない所なのだろうと言うものでした。ところが、予想外でした。目の前に現れた施設の職員さんは、素敵な女性だったり、カッコイイ男性だったり、若い人も結構いて…。

「あれ？　施設もそんなに悪くないじゃないか…」

とそんなふうに思いました。

排泄についても入所前オムツを装着する体験までしていましたが、在宅で使用していた尿器使用で済みましたし、あんなにマイナスの想像をしていたのに、施設での生活はそれほど苦労することもなく、順調に楽しく過ぎていったのです。

一週間が経ち、父親が私のところに訪ねてきました。私があまりに変わりなく元気そうに暮らしているのを見て、
「あぁ、反対したけれど、お前の選択したことは間違っていなかった」
と言ってくれたのです。私も少しホッとしました。

そのように、私自身の施設での生活があまり問題なく進んでいく中で、他の利用者の方、入所者の方との意識の違いが見えてきました。驚きさえ感じました。まず、他の方達は、自分の意志をあまり持たないのです。施設も親御さんなどに勧められて入所させられた人達が多く、施設に入ったことを肯定的に捉えられなくて、さびしい気持ちでいる人が大半でした。また、子どもの頃からずっと施設生活を余儀なくされてきた方もたくさんいました。私のように在宅から、しかも四一歳で自分から進んで施設へ入ってきたなんてとんでもないことだったのです。

施設の中にいれば、すべてが流れるように生活ができます。ちょっとオーバーな表現をするならば、一日中、誰とも口を利かなくても済むのです。時間が来ると起床介助が始まり、朝ごはんを食べに食堂へ行き、食べ終わったら自由時間。一〇時になると水分補給があり、お昼になればお昼ご飯、しばらくすると休憩があり、入浴のある日は入浴をします。それも誘導されるように、流れるように。夜になったら、また水分補給があり、夕飯があり、ちょっと時間をおいて、また水分補給があって、そして就寝という一日です。そのように、何も言わなくても、一日はスイスイと流れていきます。そういう生活が毎日毎日続くのです。もちろん排泄介助もありますが、それだって決められた時間に・・・。

私と一緒に施設生活をしていた仲間達が朝起きると、

「何かいいことないかな～」

と言うのです。

「何かいいことってなあに？」

と聞くと、分からないのです。何がいいことなのか分からないのです。それはそうです。施設の中にいることがあたり前なので、外に出たら、何があるのかさえ知らないのですから。本人ばかりが悪いのではありません。周囲の家族や施設の職員が悪いとも言いたくありませんが、いろいろな経験をさせてもらうことができずに生きてきたので仕方ないのかもしれません。

自分が望む本当の生活ができるなんて考えられないし、言いたいことも言えないのです。

こんなことがありました。入所して間もない女性が朝、

「お化粧をしたい」

と、職員に頼んだのです。〝職員〟がそれを、

「忙しいから、後でね」

などと拒むなら分かりますが、同じ施設の〝利用者〟が、

「施設に入っていて、お化粧なんかしてもしょうがない。そんなことをあなたが言ったら、みんなに迷惑がかかるじゃないの」

と言うのです。それを聞いて、私はビックリしました。やはり女性だったら、

「美しくありたい」

という気持ちを持つのは当然だと思います。なのに自分の意志を伝えると、同じ仲間から駄目だしされるなんて。非情に職員から、

「忙しいから」

と断られるほうがまだましです。

また、若い職員が自分の母親のような年齢の人を、

「○○ちゃん」

と呼んだり、職員を、

「○○先生」

と呼ばせたり、おかしいと思うことがたくさんありました。人前で排泄介助をしてもらうことが恥かしいという感覚がなくなっているのには愕然としたものです。

私は施設という集団生活の中で多少の自由は奪われましたが、恵まれた状況であったと思います。しかし、他の入所者の中には健康状態の悪化、些細なことでの行き違いや意思が伝わらない苛立ちから、ふさぎ込んだり、不満をぶつけたり、泣きわめいたりと、さまざまな感情を示す人もいました。

そんな時、ベテランの職員は知らん顔をしています。慣れっこになってしまっているのでしょうか？　忙しいから仕方ない？　かえって社会に出て日の浅い若い職員が、懸命にその人の心の傷を癒そうとしているのです。そういう光景を見ると、私は目頭が熱くなり、この気持ちを持ち続けてほしいと願わずにはいられませんでした。

〝足〟を手に入れる

私は電動車椅子に乗って生活をしています。在宅生活での四〇年間は、車椅子などは使っていませんでした。昔の古い置きゴタツのやぐらを利用した台の上におなかを乗せて身体を二つ折りしたうつぶせ状態でずっと生活していて、自分で移動をすることは、まったくしていませんでした。施設入所をしてから、人に押してもらうような車椅子を使い始めて楽に移動が出来るようになりました。それと同じような形の電動製のものに変えられないかと、製作前に行政へ申請したところ、

「椅子ではないから、助成金は出せない」

と言われました。それでもあきらめず、二度、三度申請して、やっと通りました。ちなみに昔の古い置きゴタツのやぐらは今でも家にいる時に使っています。

何か月もかかって、前述した上半身と下半身が二段に別れたバッテリーで動かす電動ストレッチャーのような電動車椅子が完成しました。その電動車椅子の上段に腹這いの形で乗ります。最初に乗った時のことです。コントローラーに顎を乗せました。すると、顎に

ちょっと力を加えただけなのにグッと車椅子が前に出たのです。あの時の感覚は、ずーっと私の中に残っています。だって生まれて初めて自分の意思で動き、自由に移動できたのですから。なんと素晴らしいことでしょう！　言葉に言い表せないほどの感動でした。移動できたことの喜びはいつまでも鮮やかに思い出すことができます。

それまで私は、

「歩きたい」

と言ったことはありませんでした。よく映画などで、足元を上から撮しているシーンがあります。この車椅子ができてから、二日目か、三日目のこと、そういうシーンが目に浮かんできました。

「オレは歩いているんだ」

という感覚とでも言うのでしょうか。あっという間に電動車椅子が私の足になっていったのです。

この電動車椅子についてもう少し説明します。それは、私独特の体位で操作ができます。テーブルなども、呼気スイッチで折りたたまれた状態から上に上がってきて使用可能という、スグレ物です。車体は銀色に光っています。操縦部分に軽く顎を乗せると、鈍いモーター音を響かせて静かに前進するのです。

母親に私は、

「どれくらい嬉しい？」

と問いかけられても答えられなかったほど、喜びは超越していました。

私用の車椅子ができてからは、施設の流れに逆らって車椅子で外に出たり、入所者の悩みごとを聞くのに各部屋を訪ねたりしていました。そのうち麻雀をする仲間ができて、施設内ではあり得ない楽しみに勤しんでいました。就寝時間に一度は寝るのですが、一五分くらいすると、職員に、

「実さん、起きる時間ですよ」

と起こされて夜中に麻雀をして、朝、起床時間少し前に、

「おやすみなさい」

とベッドへ戻らされて、すぐ起床。ですからほとんど寝ていない日もありました。昼食時に施設の次長さんが私の部屋に来て将棋をしていると、私のところにいるのを知っていて、

「次長さん、お客様です」

と場内アナウンスが流れるという一幕もありました。電動車椅子の使用により、私の行動範囲が広がり、さらに楽しい時を過ごせるようになっていったのです。

再び外の世界へ

施設で生活している時に、障がいを持っている仲間の女性から、

「鈴木さん（旧姓）、今でも一人暮らしのことを考えているの？」

という電話がありました。

施設に入所した当時、

「施設は一つの通過点で、一人暮らしができるような時代がくればいいなぁ」

というようなことを私は言っていたらしいのです。その時はそんなことを口にしていたことを忘れていました。

その女性からの一本の電話が、私が施設を出て生活することへの大きなきっかけとなったのです。それは自立生活センターという準備会で、そのセンターでリーダーになるような人達が集まる会があるから、明日出てくることはできないか、という話でした。明日と言われても、施設に入っている場合は、事前に順序だてて外出許可をとらなくてはなりません。なので、内心、

「無理だろうな」

と思いましたが、聞いてみることにしました。その時、夜勤担当の人がまだ帰らずに残っていました。その人に、

「こういう人から、こんな電話がかかってきたんだけれども、外出はできないでしょうね？」

と聞いたら、

「そうですねぇ…　じゃあ、私が連れていきましょうか？」

と、軽い感じで応えてくれて、彼が夜勤上がりだったというのに一緒に行くという話が

まとまり、準備会に出席することができたのです。

電動車椅子で、会議が行われる場所に行くと、私の車椅子が入るエレベーターがありませんでした。本来は二階で会議をする予定だったのですが、私のために一階で会議をすることになりました。

実際、自立生活センター準備会へは、その一回だけの出席で終わるのかと私は思っていました。しかし、会議の終わりに、

「今後も参加することができる人?」

と聞かれた時に、一緒についてきてくれた職員が手を挙げたのです。私を参加させるということを確認しながら、「はい」と言ってくれたのです。それから一年間、その職員が会議の度に連れていってくれて自立生活センター設立への関わりを持たせてくれました。


いわき自立生活センター「えんじょい」は、一九九六年(平成八年)一〇月に発足しました。自立生活センターという存在は、あまり世間では知られていないものかもしれません。障がい者が主となり運営されていて、ピア・カウンセリングや障がい者同士の権利擁護などを積極的に行っている所です。「えんじょい」の発足当時、私はまだ身体療護施設

に入っていました。施設に入所していながら、スタッフの一員として働くことになったのです。施設から通勤するなんて許されるはずがないのに、最初は水曜日だけ、その後、月曜と水曜、そして、月・水・金の週三日仕事に行かせてもらっていました。そのうち、土・日にイベントがあったりして、一週間のうち、施設の中にいる時間がなくなってしまうようになりました。午前十時頃迎えにきてくれて、午後九時頃戻ってくるような生活です。

そうなると、療護施設なので、さすがに所長から、

「別に、追い出すわけではないけれど、そろそろここから出ることを考えているんでしょう?」

と言われました。

やさしい人ですから、脅かしではなく、そういう言葉をかけてくれました。たぶん、所長にしても心配だったのではないかと思います。施設の中にいながら、郡山へ行ったり、自立生活プログラムという講座に出席するために東京へ行ったりしたものですから、もし何かあったら大変です。入所中の外泊なので親への承諾書など、いろいろな手順を踏まなくてはならない場合もあります。しかし、とてもやんわりと、

「施設から出てもいいよ」

というような言い方でことを運んでくれました。課長からも、

「あなたのような人だったら、反対しても行くでしょう」

と、了解を得ました。そうして、施設から出ることになったのです。それは両親にとっては大問題です。施設に入る時は反対だった両親も、施設に入ってからも生き生きとしている私を見て、息子の判断は間違っていなかったのだと、安堵していた矢先に施設を出るというのです。それはびっくりです。と同時に、

「また始まった！」

と思ったようでした。父が、

「どうすれば施設に戻れるのか。誰に相談すればいいだろうか」

と母に相談すると、本当は母も反対したかったらしいのですが、母は、

「実に施設にいろと言うのは、自分達を安心させるためのエゴだ。私たちの息子なんだから息子を信じるしかない」

と息子の意思を尊重した決断で答えたそうです。施設は一度出てしまえば、もともと空きの数が不足しているのですから、失敗したからと言って戻ることはできません。母の決

断も苦渋なものだったに違いありません。よしあしは別として、このへんが他の障がい者仲間のお母さんと異質な感じがするのです。ともあれ、私にとって最良の母であったことには間違いありませんでした。

初めての一人暮らし

いよいよ一人暮らしの始まりです。こんな日が来るなんて夢のようです。四七歳にして初めて一人暮らしを始めた時の住居は一四階建てのアパートの一階のハンディキャップルームでした。高いところが好きな私は、最高階だったら最高だったのにと思いました。ベッドとテレビの他は何もない生活から始まりました。

朝六時半に介助者が来て起こしてくれて食事をし、九時に自立生活センターへ行きます。五時に仕事を終えて帰ってくると、夕方六時半に介助者が来て夕飯を作ってくれました。その頃は制度が整っていなかったので、ボランティアや会員制で一時間いくらという有料の介助者にお願いしていました。介助者には、朝六時半から出勤時間までと夕方六時半から夕食と就寝までの一日四、五時間お願いしていましたから、私の経済的負担も大きかったのです。社協からのヘルパーさんを派遣してもらえるように何度も行政に交渉をして、やっと一〇時間を認めてもらえるようになり、私の懐具合も少しは楽になったものです。

介助は同性介助を基本としていましたから、来てくれるのは男性です。食事も男性が作ってくれます。記念すべき自立生活での一日目の夕食は、介助者からの、

「何を食べる？」

の問いに

「ししゃもが食べたい！」

と答えました。施設では、焼きたてのししゃもなどは出るわけがないのです。彼がししゃもを焼いてくれました。私は、残念ながらお酒が飲めませんので、日本茶で、彼はビールで、

「乾杯！」

と言って、焼きたてのししゃもを食べました。まるで、高倉健の映画のムショから出てきて初めて食べた時のようなシーンでした。（ちょっと映画が古すぎますね。わかる人少

ないかも?)。自分で自分の食べ物を選んで食べる。ごく当たり前のことなのですが、そんなことがとてもうれしかったのです。

私の家での生活は、食後はテレビを見たり、パソコンをしたりしていました。自分でトイレにも行けない中年男の障がい者がごく普通の生活を送れるなんて、本当に驚きで自分でも信じられないほどで、心の中で何度もガッツポーズをとりました。

「一人住まいだ!」

と言っても、日替わりの男性介助者がそばについてのことです。私にはわくわくで楽しい一人暮らしでも、周囲からは目を丸くし無謀だというお叱りを受けることもありました。

私の介助は、車椅子への移動、入浴、着替え、排泄と、女性に依頼するには抵抗感のある介助内容が多いのです。自立するにあたっては、男性介助者の確保が大きな問題としてあり、それはいつでも変わりなく続く深刻な問題です。このような状況の中で私の自立生活が成り立っていたのは、私のために何とかしようとする男性介助者の心意気と、それらの方の介助派遣を調整する担当スタッフの労苦によるところで、ありがたいことだと思っています。

自立をして初めて迎えた冬に、何度か男性介助者のメンバー数人となべを囲みました。その時のなべから上がる湯気の向こうの彼らの顔に、何とも言えぬ頼もしさを感じたりしました。

大変でも楽しい毎日

そんな自立生活のスタートでしたが、楽しいことだけではありませんでしたし、いろいろなこともありました。私は、日中は職場で介助を受けて仕事をしていました。自宅に戻ると六時半に介助者が来て食事、入浴介助をして、一〇時になると介助者は帰ってしまいます。ですから、夜一〇時から翌朝の六時半まで、私は一人でベッドに寝た状態で、何もできません。ある日の夜中ガス検知器から、音ではなく、

「ガスが漏れています、ガスが漏れています、ガスが漏れています…」

と声がしました。ずーっと言い続けています。別に私がおならをしたわけではありません。一晩中繰り返されていました。これには参りました。又こんなことが起こりました。朝四時頃に目覚まし時計が「ガガガガー」と鳴り出しましたが、私には止められません。その時間にセットしていたわけではなかったのに、どうして？　そうそう不思議なこともありました。一人暮らしをして間もないころ、右側臥位で寝ている私の左耳にいきなり一匹の虫が入って来てムズムズ動いているのです。手足を動かせない私は頭を動かすことしかできず、虫が出て行ってくれることを願うしかありませんでした。このままとどまっていたら…そんな不安が頭をよぎりそのまま数分が過ぎました。すると、スーッと私の耳から虫が出て行ったのです。実はこの現象は、施設入所日一日目にも起こっていたのです。更に、妻との生活を始めたばかりの日にも起こりました。妻も手足が思い通りに動かせませんから、私の耳の中の虫を退治することなどできません。この時も虫が出ていくのをじっと待つしかなかったのです。

そして、トイレです。私は夜、排尿をもよおすことはあまりないのですが、一年のうちに何回かはあります。地獄です。私たち障がい者にとっては本当に大きなつらさです。我慢して、のたうち回って、そんなつらさも自立生活の中にはありました。

でも、自分が選んだ自分の人生というのは、危険があったり、失敗しても、楽しいものなのです。

目まぐるしい日々

一人暮らしをする少し前からいわき自立生活センター「えんじょい」で働き始めた私の生活は、それまでに想像もしたことのないほどの目まぐるしさでした。人の手を借りないと何も出来ない私が、職場に通勤する日が来るとは本当に驚きでした。当時はえんじょいを支援してくれる団体や人々を募り、地域で生活している障がい者を一人でも多く自立へ導いていこうと活動していました。その為にはまず自分も勉強しなければならないことがたくさんあって東京での勉強会へ参加する機会も幾度となくありました。自分で言うのもおかしな話ですが、全国規模で集まってくる会議の席でも積極的に発言し、鈴木（旧姓）実を印象付けました。それが早くえんじょいを皆さんに知ってもらう手立ての一つだと信じていたのです。とはいえ、最初から人前で話すのがスムーズだった訳ではありません。人並みにドキドキしていたのを覚えています。が、現在は快感です。目の前で起きていることが初めてのことばかりでしたから、好奇心旺盛な私には、充実した日々の連続に間違いなしでした。

えんじょいのPRになればとテレビ出演もしました。初のテレビ出演は、福島のテレビ局に行き、一分間で自分たちの団体と団体主催のイベントを説明するコーナーでした。その頃には私は所長職についていました。まだ制度もよく整っていない時期に一人暮らしをしているのも珍しく、私自身の日常生活を追う取材を受けることもありました。どれもこれもえんじょいを売り込むためのものです。快く引き受けました。

全国自立生活センター協議会からピアカウンセラーの認定を受けピアカウンセラーとして、障がいを持つ仲間のカウンセリングを積極的に行っていました。

「年中無休で二四時間受け付けますよ」

と、自宅でも電話対応したこともしばしばでした。

私と同じように一人暮らしを考えている仲間の支援にも力を注ぎました。中でも筋ジストロフィーをもつ青年を自立に導き、支援したことは忘れられません。難病にもかかわらず自分が望む生活をしたいという青年を介助者たちも本気で支え、えんじょいが利用者と介助者をしっかり守り抜いたのです。彼は残念ながら他界してしまいました。しかし私たち支援者の中にはその生きざまがいつまでも残っています。

伴侶

障がい者の人たちが地域に溶け込んでいける活動を続けていく中で、一九九八年に妻の眞由美と知り合いました。ある日、車椅子メーカーの人から、

「外に出たがっている障がい者がいる」

と聞かされて、早速電話をしました。電話での話しぶりから軽い障がいの人かと想像していたけれど、会ってみると私と同じ手をしている重度の障がい者だったのです。その後、彼女は自立生活センターをいわき市の南部に作ろうという時に、創立スタッフとして週に三回くらい「えんじょい」に研修に通ってきていました。私はこの活動を始める時に、自分の思いを地域の人達に分かってもらえるように、障がい者のアドバルーンでいようと

思っていました。彼女に出会った時に、

「私はお笑い系だけど、見た目のいい彼女ならビジュアル系で私の後継者になれそうかも?」

と思って、彼女に活動への参加を呼びかけたのです。彼女も在宅生活の中、両親の老いを考えると、この先どうなるのかなと、やはり親元から離れて生活する必要があるのではと考えていた時のようでした。

それから数年後の二〇〇三年六月に結婚しましたが、私自身が結婚するなんて考えていませんでした。その私の気持ちを変えたのは母の死がきっかけでした。二〇〇一年(平成一三年)一月一六日に私の母親が突然倒れて、次の日に亡くなってしまいました。障がい者にとって母親の死はXデーなのです。つまりずっと恐れていることなのです。

「もう何をやってもほめてくれる人がいない」

とか、

「心配してくれる人がいない」

と思って落ち込んでいました。生前母親はそういうことを察してか、

「自分が死ぬ時に悲しまない精神状態にしておくように」

と言っていましたから、表面上は悲しみを見せないように装って仕事をしていました。

そして三月三一日。私の自宅に、

「今週はお疲れ様でした」

という眞由美からの留守電が入っていました。その週は講演とか講座のリーダーがあってかなり疲れていたのです。私の留守を知りつつメッセージを残してくれていたのです。

「こんな時、お疲れ様というメッセージが入っているといいなあ」

と帰宅途中に介助者と冗談で話をしていたことが現実になるとは思ってもいませんでした。介助者は八百長だと疑いました。彼女は自分で、

「何で電話したのかなぁ」

と思ったそうです。その日、彼女の母親が留守だった時、私が母を亡くした思いを自分の身に置きかえて考えてみたそうです。精神的自立をしているつもりでも自分にもそういう時期がいずれはくると思うと、実さんもきっとこの二ヶ月間はすごく大変だっただろうし、つらかっただろうなと察していたと言います。ましてその期間、仕事がつまっているのを淡々とこなしている私の顔を見るに忍びなかったらしいです。だから好きとかという

ことではないけれど、その日、講演の仕事があるのを分っていて、自然に「お疲れ様」のメッセージを入れたようなのでした。

私はお調子者だから、今後も同じような状況に会うかもしれないと思って、

「一緒に生活することを前提につき合ってもらえませんか？」

と四月頃、彼女に話しました。申し込んでイエスの返事をもらうまでに二週間くらいありました。デートと言ってもお互いに介助者が必要なわけだから私の部屋でみんなでワイワイと過ごし、時には二人っきりになる時間もありました。後は朝・夕の定期便のように電話をしました。

私が働いている事務所へ来る時には、彼女の母親が、

「男性の介助者だから多分食事を作るのも大変だろうし、ろくなものを食べていないだろうから」

と言って、私の分までお弁当を持たせてくれました。つき合うようになる前から、

「持っていってあげたら」

と言って作ってくれていましたので、つき合っているかどうかは関係なかったらしいで

す。

彼女は一人っ子で大事にされて、特に父親にかわいがられて育ってきました。父親は娘のために仕事を変えて学校の用務員となり、娘を学校に通いやすい環境にし、母親はだれにも彼女の排泄介助を頼まずに、一日に学校に徒歩で二往復して、排泄と食事介助をしてくれたそうです。子どもがやりたいことに全面援助をしてくれた両親です。自分が障がいを持っていることはマイナスだと感じないですんでいた私と、似たような環境で育った彼女とが結びついたのは自然だったのかもしれません。彼女の両親が我が家に遊びにきても違和感はありません。母は私が結婚するのを知らずに亡くなっていますが、自分の代わりに十歳下の眞由美の母親を、私に引き合わせてくれたのではないかとさえ思います。彼女の両親は結婚生活と言っても共同生活だと最初は思っていたようで、

「いいよ」

と、簡単に許してくれました。しかし、あまりにもあっさりとした返事におかしいと思ってよくよく説明すると、やはり反対されたのです。家族三人で生活してきたのだから、他人の介助者の助けを借りて生活していくことが本当にできるのか、と心配だったようで、彼女の母は、

「あんたが嫁に行くなら私は山に行って死ぬ」

と言ったそうです。その後母親は考えたそうです。実際、自分が八〇歳、九〇歳になった時、娘をどうやって世話するのかと。一週間後に、

「好きにしなさい。でも、お母さんは知らないよ」

と言ってくれたそうです。しかし、引っ越す前日に、

「障がい者はあんた一人だけでたくさんだと思ったら、二人になって、これも運命なんだろうね」

と言いだしました。

「障がい者を世話するのは一人も二人も同じだ」

と言いだしました。両親はそのように納得してくれたものの、彼女の伯母が、

「何を考えているの。鈴木さんは頭もいいし、ちゃんと生活していける人だと思うけど、どっちも障がい者だよ」

と言ってきましたが、母親が、

「もう決めたから。二人のことは二人に任せた。私はもう心配はしない。私らがそんなに長く生きていられるわけじゃないしね」

と言ってくれたそうです。

結婚式はお互いの事務所の人達と身内の家族だけでしたのですが、その後に及んでも親たちは半信半疑だったようです。私は今まで何でもかんでも自分の意思で物事を運んできていました。まさかこんなことまではできるとは思っていませんでした。でも、改めて、それに必然性があるならば、願っていることは、叶うものなのだなぁと感じました。ただ、自分の心の中だけで何もメッセージを発しなければ、それは叶いません。私は常に、
「こんなことをしたい」「あんなことをしたい」
と思っています。発しています。それが叶わなくても悔やんだりはしません。

刺激的な夢の日々

私には予想もできないほどの生活の変化が訪れたのはこれで何度目でしょうか？　新婚生活（？）もスタートはしましたが、私は五〇歳を過ぎ、妻とは一回り近く年齢が離れていましたし、長年環境の違った生活をしていたものですから、新しい生活がどんなものになるのやら・・・。まして、私たちは介助を受けて生活をしています。介助にはそれぞれに同性のヘルパーがつきます。私には男性のヘルパーがいて、彼女には女性のヘルパーが対応します。珍しい形での生活でヘルパーさんたちもかなり戸惑っていました。でも、協力体制はバッチリで幸せを感じる日々でした。

その頃、仕事が立て込んでしまい、過密スケジュールになって肺炎を起こし、救急車で運ばれ、一週間入院するということがありました。一人だったら病院に行かなかっただろうし、死んでもいいと思っていたでしょう。でもこれからは責任もありますので、そうはいかなくなったんだなと思うと、妙にうれしくもありました。

実は、入籍は一緒に暮らして「お試し期間？」の二年を経てからでした。結婚と言っても二人だけでは何も出来ませんから、お互いの親に理解を得るためには実績を積まなければなりませんでした。特に妻の両親には一人娘への思い入れも深く、考えてもいなかった事態、私から娘さんと一緒に生活させてくださいと言う申し出は、天変地異に匹敵するくらいの衝撃だったようです。ですから、二人の正式な「結婚」である入籍にはそれだけの期間が必要だったのです。自分の食事や排泄さえできない二人が家庭を持つと言うのですから、周囲が、

「はいそうですか」

とすぐに理解を示す方がおかしいことでした。

入籍時期に妻の遠縁に当たる女性を親元より預かりました。彼女とは親娘関係のような生活です。私は以前から他人がある程度大きくした子供を手元におき、父親の心境を味わってみたいと言うちょっとした願望を持っていました。今、それが実現しています。彼女が、

「お父さん」

風詠社の本をお買い求めいただき誠にありがとうございます。
この愛読者カードは小社出版の企画等に役立たせていただきます。

本書についてのご意見、ご感想をお聞かせください。
①内容について

②カバー、タイトル、帯について

弊社、及び弊社刊行物に対するご意見、ご感想をお聞かせください。

最近読んでおもしろかった本やこれから読んでみたい本をお教えください。

ご購読雑誌（複数可）	ご購読新聞
	新聞

ご協力ありがとうございました。

※お客様の個人情報は、小社からの連絡のみに使用します。社外に提供することは一切ありません。

料金受取人払郵便

大阪北局
承　認

6123

差出有効期間
2023 年 5 月
3 1 日まで
(切手不要)

郵 便 は が き

5 5 3-8 7 9 0

018

大阪市福島区海老江 5-2-2-710

㈱風詠社

愛読者カード係 行

ふりがな お名前			大正　昭和 平成　令和　　年生　歳	
ふりがな ご住所	□□□-□□□□		性別 男・女	
お電話 番　号		ご職業		
E-mail				
書　名				
お買上 書　店	都道　市区 府県　郡	書店名	書店	
		ご購入日	年　月　日	

本書をお買い求めになった動機は？
1. 書店店頭で見て　2. インターネット書店で見て
3. 知人にすすめられて　4. ホームページを見て
5. 広告、記事（新聞、雑誌、ポスター等）を見て（新聞、雑誌名　　　）

と呼んでくれる心地よさに、

「実さん、とっても嬉しそうですね。顔がデレデレですよ」

とよく言われたものです。そんな関係でとても賑やかな明るくて楽しい毎日が展開されています。

こうした状況に変化していく過程には多くの方々の様々な支援がありました。当然、私一人の力で実現するはずもありません。私は夢を持ち続けて、周囲の皆さんに伝えていった結果色々なことが叶えられたのです。不思議の一言に尽きます。そして、お年寄りの方や障がい者の方へ居宅での訪問介護を中心にしたヘルパー派遣業務をメインとする福祉アラカルト産業の会社を運営しています。私が代表取締役社長だなんて信じられません。「結婚」「会社設立」そして「擬似親子体

験？」漠然とした願いや思いが現実化するばかりでなく、それ以上の考えられない環境の変化に戸惑いを覚えながらも刺激的な毎日を送っています。

自立って？

自立という言葉を聞いて、皆さんはどんなイメージがわきますか？　どういうことが自立だと思いますか？　障がい者にとっての自立は、金銭的な自立だったり、一人でご飯を食べ、一人で排泄ができ、入浴ができるといった機能的な自立があります。そういう機能的な自立を自立と捉える方も多いし、自分でお金を稼ぐことができなければ自立はしていない、という人もいると思います。

私が働いていた自立生活センターの中では、障がい者にとっての自立の考え方が三つあります。まずは、自己選択です。選択肢の中で、自分がどう生きたいかということを自分自身で選ぶことです。そして、それを他人に決められるのではなく自分で決めて、それには責任を持つということです。自己選択、自己決定、自己責任。その三つを自立と呼んでいます。障がいを持っている方が地域の中で自分自身の生き方を実現できるような社会作りを、障がいを持っている者が中心となって支援していく団体で働いていた私は、これまでその時の選択や決断をいつも自分自身が決定して来ていたので、違和感は微塵も感じられませんでした。一つの人生の中で色々な場面で岐路に直面した時、それぞれの場面で判断を迫られます。これまで私が下してきた判断は、自分にとってあまり不利益になっていなかったように思えます。そして、たとえ私に判断の間違いがあって不幸な事態になったとしても、後悔しなかったかと思います。何故なら自らの責任においてそれを判断していたからで、他人の意思で左右された選択をしなかったからです。出された結果を受容し他人のせいにしない、これをモットーにしている私は、これがあってこそ真の自立と言えるのではないかと思っています。障がい者は日常生活の手助けなしでの自立は困難だし、経済的にも何らかの手立ては必要です。しかしそれを得る手段は、本人自身で考えることができるのです。こうした考え方を理解したうえで、私は、適度な距離で身内や私と触れ合ってくれた皆さんと接して来ました。これこそが私の自立にかけがえのないものなのです。皆さんの支えが私にとって本当にありがたいことなのです。

ソウルメイト

私は周囲の状況により変化していく「えんじょい」についていけなくなり、卒業することにしました。その後、妻の眞由美と共に仲間たちに助けられながら有限会社「ソウルメイト」を設立し、介護事業所「ソウルメイト」を立ち上げました。会社名に込められた想いはお話しましたが、この名称に決めたのは会社設立に協力してくれた方の一言がきっかけでした。

「これまで実さんの周りに集まってきてくれた方々こそがソウルメイトなんですよ。私も含めて」

と、夜中に会社設立について相談している時彼が言ったのです。私は、

「これだ！　これこそが私の会社名だ！」

と即決したものです。ロゴマークもすぐ決まりました。名称のアイディアを出してくれた彼が又、素敵なデザインを提案してくれたのです。それは、ひらがなの『い』に『ヤシの木』のイラストを組み合わせたものです。ソウルメイトは皆さんに「いやし」を提供し

ます。という意味合いと、当地「いわき」の『い』と当地にある広く知れ渡っているレジャー施設にある『ヤシの木』にちなんでいるということでした。なんと私の意志と遊び心が組み込まれたロゴなんでしょう。一目で大好きになりました。資金もない私ですから、初めて融資を受ける経験をしました。借りたお金を支払っていけるかどうか不安はありました。でも、もう船は漕ぎ出されてしまったのです。やるしかありません。貯金をはたいて中古のリフトカーも購入しました。私の移動にも使用しますし、介護事業所には必需品ですから。そうして着々と準備を進めていったのです。

いよいよ事業開始となると、自宅兼事務所の我が家に私たち夫婦のヘルパーと交代でスタッフが出勤するようになりました。

「おはようございます」

の言葉が飛び交い活気に溢れていました。とは言え、順風満帆とはいかない時期もありました。スタッフ同士のちょっとした衝突もあったりして・・・。今思えば、みんなが事業を軌道に乗せようと頑張っていたのは確かなので、色々なことを乗り越えられたのだと思います。その頃の私は男性スタッフと共に講演活動にも力を注いでいました。重度の障がい者が、皆さんの支援を受けて地域の中で自分らしく生きていく様をお伝えしていたのです。車で三時間近くかかる場所へ出向くこともあったし、会場がバリアだらけの場合は、主催者や参加者の手を借りてバリアを解消することもありました。とにかく誰もが支えあう社会作りを目指そうと介護事業所の傍ら、スタッフや周りの方々と一緒に活動していたのです。

その後、事業所を立ち上げて一年後ぐらいに自宅と事務所を分けることになり、新たに事務所を借りる運びとなりました。これがまた一苦労でした。何度もお話しているように私の車椅子は特殊なものですから、私の車椅子が動ける出入口、トイレ、そして床はもちろんフラットでなければなりません。それにお家賃の方も私たちの法人に見合ったものでなければ、事務所を直ぐにお返しするようになってしまいます。幸い理解ある大家さんに巡り合い、自宅から車で一五分ほどの所に事務所を借りることができました。トイレなどの改造も快く受け入れてくれて動線もしっかり確保出来た、快適な環境の事務所となりました。

ところが、立ち上げ時に関わってくれたスタッフ二名が諸事情から離れることになり、大慌てです。次のスタッフを探さなければなりません。業務を滞らせるわけにはいかないので、急いで新メンバーを二名採用して業務を遂行したのでした。

ソウルメイトをもっと周知させようと地元のスーパーの一角でイベントなども開催しました。私たちのように重度の障がい者を介助するヘルパーを増やすため、重度訪問介護従業者養成講座の開催を何度もしました。私たちが出来ることで社会貢献に繋がればいいなぁという思いで仕事をしていたのです。

少しずつヘルパーが増え利用者も増えて、自社のリフトカーを購入し、ロゴマークと事業所名を車両にラッピングして業務にあたることが出来るまでになっていきました。が、少しずつ周囲との歯車が合わなくなり始め、社長である私が気持ちの上で息切れを感じるようになったのです。こんな気持ちで事業を続けるのは皆さんに失礼だとの判断から、私自身に余力があるうちに会社を休止することにしました。これには妻の眞由美は大反対で、

「どうして頑張ろうとしないの？」

と、抗議してくる日々が続き、私たち夫婦の間では喧嘩が絶えなくなったのです。元来頑固な私ですので、いったん決めたことは曲げません。泣く泣く眞由美が折れた形になったのでした。

再出発

会社の休止を決めたもののそれからが大変でした。スタッフやヘルパーの方々に説明して謝罪の気持ちを伝えました。本当に辛かったです。利用者の方々へ提供するサービスに穴など空くことがないように、当時私が理事を務めていた法人に協力を仰ぎ、利用者、ヘルパーとも受け入れて貰えるようになり胸をなでおろしました。しかし、本当の意味で気持ちが晴れることはありませんでした。スタッフへ作成した解雇通知書に胸が締め付けられる思いをしたのです。

私たち夫婦も協力してくれた法人の利用者になりました。眞由美はその法人のパート・スタッフとして雇われ、自分たちがお願いした利用者とヘルパーのコーディネートを担いました。私はうちにいてヘルパーの介助を受けながら、眞由美からの指令をもとに家事におわれる毎日でした。まさに主夫をしていたのです。実家で過ごした充電期間を彷彿させる日々が続いていました。

そんな矢先。これまでに経験したことのなかった出来事に見舞われました。東日本大震災が起きたのです。介助者が帰る前の出来事だったので、私は助かりました。そうでなければ、私自身がベッドから落とされ、ひっくり返ったり、落ちて来た物につぶされていたかもしれません。それ程激しい揺れでさすがの私も恐怖を感じました。地震が起きたちょっと前に義父が訪ねてきており、車で帰る途中でしたが、私を心配して引き返して来てくれました。ありがたかったです。しかし、自宅にいる義母が気になったので、義父には直ぐに帰ってもらいました。

仕事に出かけている眞由美とも連絡は取れず、不安と心配の中で押しつぶされそうな時間を過ごしました。当の眞由美とようやく会えたのは何時間も後のことです。

私たちは避難するという経験もしました。重度の障がい者には到底無理であろうことを私の介助者が協力をしてくれたのです。義母や一緒にいる親族の女性も全面協力で、知人や親類縁者に助けられながら避難生活をしてきました。

しばらく後、まだ落ち着かない地元に戻ってくると、変わらずヘルパーの方々が私たちを出迎えてくれ、支えてくれました。私たちは本当に幸せ者だと感じました。皆さんに何とお礼を言ったらいいかわからず、何度も心の中で呟いていました。「ありがとう」と。

避難生活の間に、ずっと悩んでいた私の気持ちに変化が訪れました。再び挑戦したくなったのです。

「今回こんなに多くの方々に支援してもらったのだから、その恩返しをする意味でも、再び支援する側になりたい。いや、なろう！」

再び挑戦したくなったのです、ソウルメイトに。

私は、ソウルメイトを再開することにしました。またまたスタッフを集めることから始めて、お決まりコースのように資金調達もしなければなりませんでした。でも、しっかりと充電させて貰っていましたし、

「一緒に働いてほしい」

と誘った方々にも快諾して貰え、気持ちが通じあう仲間と行う準備はひとつも苦に感じず、逆に満ち足りた時間となったのです。登録ヘルパーさんたちも戻って来てくれて、事務所兼自宅の我が家に活気が戻ったのは言うまでもありません。

こうして新生ソウルメイトが誕生したのです。二〇一一年（平成二三年）七月一日のことでした。

「これからこそが本番だ！　みんな頼んだぞ！」

再開初日、スタッフの目が輝いていたのを私は、覚えています。

これから

私は決して努力家でも頑張り屋でもありません。自分からも、また他人からも「適度の優しさと適度の厳しさ」を与えたり、受けたりしながらそれを肥やしに生きてきたのです。

講演でお話させてもらう時、

「もし体が自由になったら最初にどこへ行きたいですか？」

と尋ねられることが多いです。そんな時、私は、

「トイレに行きたい」

と答えます。みなさんには予想外な答えに思えるかもしれません。ハンディがなければ全くどうということもないことが、大きな喜びになったり、重要な問題だったりするのです。

精神的自立のできる生活をするためには、さまざまな問題があります。まずは障がい者の住宅の問題です。段差がなく、生活がしやすくなければいけません。二階があればエレベーターも必要になります。バリアフリーと世間でいろいろ言われるようになりましたが、地域社会にはまだまだバリアがたくさんあります。また、障がい者が働く場所がありません。でも、年金だけで生活することもむずかしいのです。しかしながら、うるおいのある暮らしというのは、自分が精神的に満足している生活をしていくことだと思います。少しずつでも、障がい者の暮らしを説明していって、一人ひとりの意識を変えていかなければ、社会全体も変わっていかないと思います。

障がい者が生活しやすい環境というのは、しいては高齢者の方も若い人も当然、生活しやすいものとなるでしょう。私が一番変だなと思うのは、障がい者用スロープです。それが端のほうについているところが多いのです。階段は真ん中にあります。車椅子でずっと遠回りをして、迂回しながら玄関へ入っていきます。反対にしたらどうでしょう。階段を端につけて、障がい者は真ん中にある入りやすいスロープで、堂々と玄関から入っていくようにするのです。

そうやって、障がい者を中心にものを考えていけば、いずれみなさんが高齢になった時、あるいは万が一障がいを持たれた時に生活がしやすくなるでしょう。「健常者ありき」という考え方ではなくて、年をとったら誰でも「障がい者」になるという認識に立てばいいのではないかと思います。誰もがみな、老いに対する恐れはありません。私は自分が認知症になっても、それを支えられる社会、安心して生活できる社会が来ることを望んでいます。

以上のような、

「私の言うことを聞きなさい、私の言うことを聞けば、みなさんが楽に生活ができますよ」

と傲慢なことを願っている私です。

おしまいに

私がもし健常者だったら、ただのおっさんでつまらなかったのだろうと思います。私は障がい者・蛭田実のままでいいのです。神様にもし、

「もう一度障がい者をやってくれませんか?」

と頼まれたら、喜んで引き受けます。

結婚した時、私は桂三枝さんが好きなので、テレビの『新婚さんいらっしゃい』に出てみたいと妻に言ったのですが、

「何でもかんでも自分をあからさまにするのが嫌いだ」

と反対されて一旦は断念しました。しかしやはりあきらめきれず再び応募したことがあります。収録会場の都合により出演が見合わされてしまいましたが。

「出演できるかも?」

という段階の時周りの方々の盛り上がりように、

「私たちこんなに皆さんに愛されているんだ」

と自負に似た感情が沸き上がり、同時に感謝の気持ちでいっぱいで目頭が熱くなったのを覚えています。それにしても残念です。妻の方が私よりよっぽど笑わせるのが上手なので、普段気取っているように見られがちな彼女の素をお見せしたかったのですけれどね。

最近の眞由美に変化が生まれました。障がい者の中ではタブー視されてきた結婚や恋愛に悩む障がい者がいるけれど、自由に好きな人とデートをし、結婚も自然にできたらいい

し、重度の障がいがあっても、私たちのように何とかできるということを知ってほしいと考え直し、自分の経験を伝えたいそうです。もっとみんなが外に出て、社会の中で障がい者も自然に生活できるようになっていったらいいなと思うので、自分がアドバルーン的なことをしてもいいのかなと思うようになったと言っています。

こうして振り返ってみると、私は子供の頃も、大人になって、おじさんの今も、言いたいことを言って、やりたいことをやって生きてきました。首から下が全く動かない重度の障がい者でありながら、自分が望む生活を送られたのも皆さんに支えてもらったおかげだと痛感しています。頑固な性格も自分自身を支えた一因だと思います。

「人生は、はったりです！」

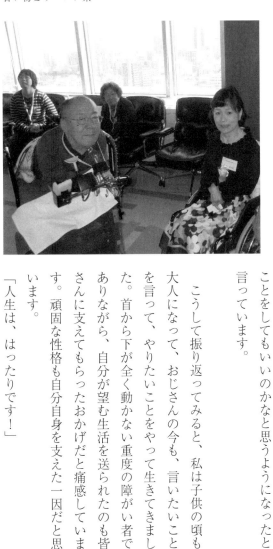

と言い切っている私。残された人生もそんなに長くはないと思います。そういうと、周りの人たちに、

「『憎まれっ子世に憚る』ですからねぇ、実さん」

と言われます。

私は、

「草葉の陰から皆さんのことを見守り続けていたいなぁ」

と常に思っています。でも、まだまだこれからも皆さんと一緒に過ごすひと時を楽しみにしているのです。

あとがき

ソウルメイトが再開して八年後、夫実さんが亡くなりました。亡くなってから、もう二年が過ぎようとしています。私は実さんの遺志を引き継ぎ、スタッフや、ヘルパーさん、関係者の方々の協力を得ながら、何とか介護事業所を運営しています。無我夢中で何が何だかわからないまま時が流れていきました。寂しさも悲しさも感じられませんでした。ようやくこのところ寂しさを感じている私です。

一緒に暮らしている疑似親子・香菜子さんも実さんの死がなかなか受け入れられていません。

三人四脚

第四七回ＮＨＫ障害福祉賞（二〇一二年度）優秀作品　第一部門受賞

ピンポーン

「お早うございます」

朝のヘルパーさんの声。

「お早うございます、よろしくお願いします」

それに答える私。毎朝六時三十分、我が家で交わされる会話です。

夜更かしした朝は、もう少し寝ていたいと思う時もあります。でも、ヘルパーさんはそれよりも早く起き、来てくれているのです。そんな事は言えません。

「えいっ！」

と気合を入れながらヘルパーさんに起こして貰い、さあ、蛭田家の一日の始まりです。

私達夫婦は重度の障がい者。二人それぞれにヘルパーさんがついています。朝は私が三十分早く起きて、身仕度を整えます。夫の男性ヘルパーさんが来る前に寝室での着替えを済ませて部屋を出ます。そうしないと、夫の裸を私のヘルパーさんが見てしまうか、夫のヘルパーさんに私が見られてしまいます。それはまずいです。同性介護を原則としている私達です。異性としての恥じらいは無くしたくありません。

毎朝の何気ない始まりも十年目を迎え、同じリズムで時が流れています。重度の障がい者夫婦がお互いのヘルパーさん達に支援を受けて生活をする。十年前は珍しい事でした。私達夫婦でさえ、どうなるか見当が付かなかったし、周囲の人々、特に両親には理解し難い事だったと思います。当然のように結婚は反対されました。父は私が住みやすいようにと定年間近にバリアフリーの自宅を新築しました。娘の結婚も、健常者との結婚を期待していたはずです。ところが、娘が結婚したいと言い出した男性は、娘より重度の障がい者。首から下の自由が利かないのですから、反対は仕方のないものでした。

これまで私に対して全面協力だった母も、この時ばかりは猛反対。

「あんたがどうしてもと言うのなら、私はお父さんと二人だけでは暮らせない、ハッピー（ペットの犬）を連れて山に行って死ぬ！」

と言い出しました。母にとって、それ程までに大きなショックだったようです。

私が身体に障がいのある子供だと診断された後、母は私の為に人生の大半を費やして来ました。手元に私がいない日々など、きっと考えられない事だったのでしょう。

父も同様で、私の結婚話に

「心配だ！　お父さんは反対だ！」

と、繰り返すばかり。怒りと寂しげな表情をした眼で、何度もにらまれました。父は四十歳過ぎ、私のためにと、それまでとは百八十度違う職種に転職までした程だったのです。私は両親にとって初めての子。愛情たっぷりに育ちました。歩き始めが遅い我が子を不思議にも思わず、いつか歩き出すだろうと、のんきに構えていた両親でした。

私が医師から脳性小児麻痺だと診断されたのは、私が二歳近くの頃だったそうです。言語障がいもなく、ペラペラとお喋りだった私は、文字の理解も出来ないうちから絵本を見て、ページ毎に読んでいるかの様に口にしていたそうです。

「障がい児です」

と言われても信じられず、いつかは歩くだろうと思っていた、と言うより、思い込みたかったのかもしれません。さすがに五十過ぎの娘が今更歩き出すとは思っていないでしょうが…。

その頃、両親は障がいのある子は手が掛かる、この娘だけを育てようと決意したようです。しかし今、両親は八十歳を越えても子育て気分から抜けきれないようです。娘より障がいの重い娘婿が現れ、二人分の面倒を見なければならなくなり、張り切らざるを得なくなってしまったからです。

母は私達の結婚を許すと決めた時、父にこう言ったそうです。

「一人も二人も同じ、神様にお前たち夫婦にならお面倒を見られるからと選ばれたんだ、そういう運命なのよ」

と。

私達は両親と同居してはいません。生活全般が、ヘルパーさん達の介助を受けてのものです。そんな我が家へ両親からの間接的で貴重な援助が入ります。週に一度ほど、母がお惣菜を作り、それを父が車を飛ばして届けてくれるのです。食事の際、母の手料理が一品食卓に加わります。両親はまだまだ現役と、日々、元気に暮らしています。両親の老いを緩やかにしているのは私達夫婦が障がい者であることも一因なのかもしれません。都合の良い話にすり換えれば、私達は親孝行をしている事にもなるのでしょうか?

さて、私が子供だった時代は、障がいのある子は人目にさらされずに育てられていました。ご近所のおばさんから、

「○○さんの家にも体の弱い子がいて、納戸に入れられたままなんだって。まるで座敷牢だね」

と言う話を聞き、子供心に大きなショックを受けたのを覚えています。当時の私といえば、毎日外で近所の子供達とゴザを敷きままごと遊び、三輪車を乗り回し畔道で転倒し、

友達が
「おばちゃん、まゆみちゃんが転んだよ」

と母を呼びに戻ったりしたこともありました。

友達が私と遊ぶのに飽きて遠くに行ってしまい、いつの間にかみんな居なくなり、私一人とり残されると、母は、決まってこう言います。

「あんたには一人でも半分でも生きなければならない時が必ず来る。その度に泣いていてはだめ！　去る者追うべからず」

だと。

その言葉で私は強くなり、庭で一人になっても平気で遊んでいました。そればかりか、私は達者な口で自分の出来ないことをみんなに命令したり、悪態をついたりもしました。

すると又母が、

「世の中は自分の思うようにばかりはいかない。意地悪ばかりしているとあんたの周りには誰も居なくなるよ。良く考えなさい！」

と。

幼い私には母の言葉の深い意味は理解出来ませんでしたが、何故か怖かった。でも同じ事を何度も繰り返し、同じように叱られていました。私は随分小さい時から親に口答えをしていたようです。母の堪忍袋の緒が切れると、

「この口が悪い」

と思い切り口をつねられました。押入れにも入れられましたが、全く動ぜず
「おかあちゃん、押入れって暗いんだね」

とすましていたとか。これには母も呆れて、押し入れでのお仕置きはやめにしたそうです。

のびのびと育った私は、自分が障がい者だなんて、少しも思っていませんでした。就学時期を迎え、私にも地元の小学校からお知らせが届きました。しかし、両親はまだ役所に私が障がい児だと届けていませんでした。母に背負われ学校に行ったのですが、学校側はビックリです。歩けない子供が来てしまったのですから。それからが大変で、周囲から養護学校を勧められました。私が、
「訓練は嫌だ、勉強がしたい」
と言い張ると、母は
「分かった。おかあちゃんが学校に付き添うよ。でも、みんなと違い背負われての通学だ

し、あんたの手足は曲っている。みんなにジロジロ見られるよ。それでもいいの？」

と聞かれました。私は
「見るのは一時だけ、慣れたら誰も見なくなる。だから平気だよ」

と答えたそうです。それだけの覚悟があるならと、母も腹を決め
「授業中は私が付き添います。何があっても学校側に責任は負わせません。授業の間、教室の隅に置いて下さい」

と何度も学校に頼みました。

「検討しますからお時間を下さい」

と言われて一年間待ち、結局私は一年浪人の後、小学校に入学出来ました。

これが、私達家族のその後に、大きな影響を及ぼして行く結果になったのです。

近所の子供達と、ランドセルを背負った私を母が背負っての、通学の始まりです。

母は、常に私の傍で授業をサポートしていました。でも、私が出来る事には一切手は出しません。例えば字を書く事です。どんなに遅くなっても手助けしません。みんなについていけなくて、間に合わず書き写せずにいると、母は
「先生が言ったことは全部頭に入れて」

と言うのです。私はみんなについていきたくて、一言一句覚えました。お陰で暗記する力がつきました。しかし字や絵を書くことは苦手でした。小一の夏休み、暑さと疲れで吐き気を感じながら、来る日も来る日も必死で字を書く練習をしました。

夏休みが終わる頃には何とか書けるようになり、二学期にはみんなと同じスピードで書けるようになっていました。担任の先生も私の上達ぶりに驚き、硬筆のコンテストに選ばれるほどになりました。やれやれと思ったのも束の間、今度は書道が始まりました。筆が持てません。下校後、連日、顔や手を真っ黒にして、筆の持ち方や筆運びを懸命に練習しました。これも頑張り過ぎ、気持ちが悪くなって泣きながらの事もありました。

半紙の準備、文鎮の抑えなど要所に母の手助けが無ければ事が進みません。負けず嫌いな私が気の済むまで、母が付きそっていました。夜練習していると、母は隣で居眠り。それを見て

「こんなに私が苦労しているのにどうして眠っちゃうの」

と、八つ当たり。すると

「おかあちゃんは頼んでないよ。あんたが練習するというから協力している。うまくいかないのを人のせいにするなら、止めちゃいなさい！」

と一喝されます。これがまた悔しくて、涙をボロボロこぼし頑張りました。自分に出来ないことが現れるといつもそんな状態でした。明らかに出来ない事は、さっさと諦めるのですが、興味があり、出来そうだと思う事はチャレンジしました。その度に母が寄り添い、私の出来る事が増えていったのです。

私が小二の時、私の通う学校で用務員さんの募集が有り、父に声が掛かりました。

当時は用務員室が校内にあって、自宅が学校になり、私の通学が無くなるという有り難いお話でした。車の免許が無い母が、雨の日も風の日も私を背負い、徒歩で通学していたのです。母の負担軽減は明らかでしたし、私の普通校に行き続けたいという思いにも願ったり叶ったりでした。その時父は長距離トラックの運転手をしていました。運転手という荒っぽい職業から、学校と言う教育の現場へ用務員としての転職です。いくら娘のためとは言え、父にとって戸惑いは大きかったに違いありません。その頃になると、先生方や同級生も私の障がいを特別とは思わない様になっていました。クラスメイトは
「おばちゃんがいなくたって、まゆみちゃんの面倒は見られるよ」
と言ってくれました。私自身も、椅子に座っていればそんなに手が掛からず、母は、用事のある時だけ教室に来るようになっていました。順調に進級し、中高学年を迎えたころ、何故かクラスの中心的な存在になっていて、優等生のレッテルを張られ、ちょっと窮屈に感じたり、母の監視も鬱陶しく思えた時期でもありました。
中学進学時にも学校側から入学の反対がありました。しかし、小学校卒業当時担任だった先生が何度も中学校に通い、授業を受けるのに問題がない事、教室移動は友達が助けてくれる事、トイレは母親が時間を決めて学校に来て介助する事等を説明して、中学校側を説得してくれました。友達も
「先生、眞由美ちゃんも私達と一緒に学校に行けるよう頼んで！」
と言ってくれました。
中学校の先生方は、本当に私が普通に授業を受けられるか不安だったようです。

授業はさほど問題もなく、みんなのさりげないサポートと、母が徒歩で学校に通うトイレ介助もスムーズに運び、私の中学校生活は一応順調でした。父が用務員をしていた事で一部の同級生の父兄から、私が特別扱いされていると言うような陰口もあった様ですが、両親は気にも止めず私を支え続けました。

手足は不自由な私ですが、頭を使うことは出来ます。それ程頭が良くない私ですが、毎日コツコツと勉強しました。そんな私に、父は何故か

「勉強なんてしなくていい」

と言うのです。変わった父親でした。中学になり教室移動が増えることで、車いすを使い始めました。その車いすを同級生が、私を座らせたり、長い廊下を超スピードで押したり、クルクル回したりと無茶な遊びもしました。みんなと一緒に部活動こそ出来ませんでしたが、楽しい思い出が一杯です。でも、残念だった事もあります。放課後の告白タイムや交換日記タイムといった甘酸っぱい青春には、仲間に入れませんでした。両親が授業の終わる時間に合わせ、車で迎えに来てしまうのです。それほど両親の応援を受けていながら、思春期の私は両親に反抗ばかりしていました。自分の思い通りにいかないと

「お母さんのせいだ」

とか言い、勉強が理解出来ないと
「お母さん達が馬鹿だからだ」

とか言いたい放題でした。

母に怒られ、

「勝手にしろ！」

と何時間か介助されず、放置されたり、目に余ると、父のゲンコツが飛んで来た事もありました。

いつも口答えをしては叱られていました。反抗期はかなり長く続き、親は、

「大人になっても反抗期なんだから」

と嘆いていました。

当時はまだ珍しかった塾通いにも
「行きたい」

と駄々をこねたり、手も満足に動かないのにピアノを習いたいと言い出したりと我儘ばかり。その度に父は晩酌の時間をずらし送り迎えをしてくれました。ピアノの先生は戸惑っていましたが、どうにかピアノ教室にも通うことが出来ました。

なんでも手を出したくなる私でした。

これまでの私には友達の支えも大きく、事ある毎に温かい友情がありました。何と言っても一番の思い出は、高校進学の時でした。多くの高校から何かあったら責任が持てないと、強固な拒否に合ったのです。この時ばかりはさすがの私も些か参りました。中学進学の時と同じように担任の先生が受け入れてくれそうな高校に足を運んでいました。もう駄目かなと諦め掛けた時、地元の高校から受験許可の連絡が入ったのです。なぜ急に話が進展したのか不思議でした。実は、二人の仲良し友人が
「私達も眞由美ちゃんと同じ高校を受験します。合格したら、同じクラスにして下さい。おばちゃんがトイレ介助だけでいいように、校内では私達が助けます。だから、先生、高校側にしっかりお願いして」

と私には内緒で直訴してくれていたのです。担任の先生は勿論、他の先生方も心を動かされ、地元高校に再三受け入れを頼み込んだようです。受験許可が出て、私達三人は無事合格。他の同級生で同じ高校を受験した人たちからも、

「先生、私達も一緒だから大丈夫だよ」

と言っていたと、先生から聞かされました。

本当に有り難い友情でした。

私の高校進学は更なる両親への負担増でもありました。父の車での送迎を始め、昼間、私のところへ介助に来る母の交通手段は、バスか三十分近く歩くより方法はありませんでした。それを母は三年間やり通したのです。

教室は三階でした。朝晩は父に、日中は友達が背負っての教室移動でした。

母は私が学校にいる間、空いた時間に家事仕事をこなしました。凄いパワーでした。

周囲から
「良くやるわね」

と声を掛けられると、

「我が子だから出来るのよ。他人の子はお金を積まれても出来ないね」

と答えていました。私と両親との、十二年間の通学生活は何とか終了しました。

高校を卒業後は、家で近所の子供達に勉強を教えるようになりました。これも自然な成り行きでした。しかし、その間も、私の我儘と好奇心は変わりが無く
「あれがしたい、これがしたい」

と両親を困らせていました。

私が三十歳近くになると、私達親子の将来を心配した親戚その他の人たちから、口々に

「親はいつまでも生きていない。そうなったらどうするの？」

と、親子共々尋ねられました。母は、

「それは眞由美が自分で決める事だから」

と常に私次第だと言う考えでした。父はと言えば

「いざとなったらおっかぁと娘を連れて死ぬ」

と父の友人達に話していたようで、それを後になって聞かされました。

私当人は余り深刻に考えていなかったのですが、ある日両親と買物に行った時、ショーウインドウに映る私の車いすを押す母の姿を見て、愕然としたのです。年老いた母の姿を目の当たりにして、このままでは近い将来惨めな親子連れになってしまうのではと、恐ろしくなり、今のうちに何とかしなければと考えるようになりました。そして、親元から少しでも離れ、社会に出たいと色々な人に対し、機会ある毎に訴え始めました。そんな時、車いすの業者さんから、障がい者の自立と社会参加を支援する団体を紹介されました。私はその団体が主催するイベントに参加しだしたのですが、母親の代わりに介助者と外出する時、当日は朝から水分を控え、トイレに行かずに済むようにしていました。排泄介助は、

母か、身内の一部からしか受けた事が無かったのです。約一年後、その団体からスタッフとして一緒に働いてはと言う誘いがありました。社会参加の絶好のチャンスです。ネックは他人からの排泄介助を受け入れられるかでした。出来なければ、前には進めません。親からの自立なんて程遠くなってしまいます。働く事を決意するまで、初めて眠れない夜と言うものを体験しました。

父はちょっと心配顔で、母は私が自分で決めた事と私の就職に賛成してくれました。働き始めた団体は、障がいを持つ人が主体となって運営している団体でした。当時、県は障がい当事者の支援事業として、十日間のアメリカ研修旅行を企画していました。私はそれに応募して団員として選考されました。

永年の夢だった海外旅行。研修旅行と言うのに私はうきうき気分。高校進学の際、一緒に通ってくれると言ってくれた親友のうちの一人が、たまたま故郷に戻って来ており、介助者として同行してくれたのです。これほど心強い事はありませんでした。母は家を空けたことなど無い娘を心配な余り、私が日本を離れた日から睡眠不足になってしまったそうです。当の私は、初の旅行。それも海外旅行に大満足でした。その時、一緒にアメリカへ行ってくれた親友に

「こんな私とこれまでどうして付き合ってくれているの」

と聞くと、彼女は、

「眞由美ちゃんより、おじちゃんとおばちゃんが好きなの。後は、おばちゃんのご馳走が食べたいからかな」

と冗談交じりに答えたのです。両親の愛が、こんな形で私に返って来た事も有りました。

幼い頃私は母に、

「おかあちゃんのおなかにもう一度戻して。そしたら、今度は手足が動く様になるかも」

と言ったのを覚えています。これは母にとっては辛い言葉だったと思います。子供の言葉は時によって残酷です。逆に母から、私をこんな体に産んでしまってとかいった謝罪らしき言葉は、一度も聞いた事がありませんでした。そんなことを聞いたら、私は、この世に生まれて来なければ良かったと悲しい想いをした事でしょう。

一人では何も出来ない私を一人の人間として認めてくれた事。優しさと厳しさをバランス良く使い分けての子育て。感謝の気持ちの大切さ。両親から受けた大きな愛で、私は自信を持って五十年余を生きて来ました。

私と両親、「三人四脚」で過ごしていた時代が、懐かしく思われる今日この頃です。

現在は、私が初めて働き出した団体で知り合った夫と共に、周りの方々に支えられながら訪問介護事業所を営んでいます。

事業経営は山あり谷ありです。その度に両親はハラハラ、ドキドキ。心配なのではないでしょうか。でも、私達二人が判断して決めているのだと、距離を置き見守っています。

父と母は

「あと十年は頑張っぺ」と話しているそうです。

私は、両親に対し心を込め、あらためて伝えたい言葉があります。

「あなた達の子供に生まれて良かった」と。

これからもいっぱい心配を掛けるかも知れません。十年とは言わず、いつまでも、いつまでも長生きして私たちの心の支えでいて下さい。